Colocataire Dominante

Collection de domination érotique

Erika Sanders

ERIKA SANDERS

Colocataire Dominante

Erika Sanders
Série
Collection de domination érotique

Synopsis

Vicky et Joyce sont deux colocataires d'université.

Vicky est mince et faible, et Joyce est large et forte.

Un jour, Joyce regarde un programme scandaleux à la télévision pendant que Vicky tente d'étudier.

Vicky demande à Joyce de baisser le volume de la télévision, mais quand elle l'ignore, elle essaie de prendre la télécommande.

Cela provoque un combat pour la télécommande qui se termine par une sorte de combat libre entre les deux.

Joyce l'emporte sur Vicky dans le combat en la soumettant et ...

Colocataire Dominante est un roman à fort contenu érotique BDSM et, à son tour, un nouveau roman appartenant à la collection Erotic Domination, une série de romans à forte teneur en BDSM romantique et érotique.

(Tous les personnages ont 18 ans ou plus)

Remarque sur l'auteure

Erika Sanders est une écrivaine de renommée internationale, traduite dans plus de vingt langues, qui signe ses écrits les plus érotiques, loin de sa prose habituelle, de son nom de jeune fille.

Indice

COLOCATAIRE DOMINANTE
ERIKA SANDERS

11

CHAPITRE 1

"Pouvez-vous désactiver ça, s'il vous plaît?" Dit Vicky. "J'essaye d'étudier ici."

Pour environ la vingtième fois aujourd'hui, la jeune fille, une recrue, se demandait quel type d'algorithme de recherche de colocation, l'Université utilisait.

Après tout, toute personne ayant un demi-cerveau peut se rendre compte qu'il faut éviter à tout prix de mettre un étudiant d'une branche spécialisée en travail social avec un étudiant d'une branche spécialisée en informatique.

Quelques questions à choix simples fonctionneraient dans un cas comme celui-ci, pour l'éviter.

One Direction? Qui peut étudier avec ce non-sens comme ça, à plein volume, en arrière-plan?

Pire encore, qui peut maintenir sa santé mentale et son QI en regardant des gars qui sont manifestement si stupides?

"Non, ça va bien," dit Joyce, augmentant encore le volume.

"Très drôle," dit Vicky. «Maintenant, posez-le, s'il vous plaît.

"Je ne peux pas t'entendre," hurla Joyce. «Qu'est-ce que tu as dit?

"En bas." Une partie d'elle avait envie de rire, mais une partie d'elle était tout aussi furieuse.

"Parle un peu plus fort," hurla Joyce. "Je ne peux pas t'entendre à la télévision."

"J'ai dit de le retirer,"

Et tout à coup, et Vicky ne savait pas trop comment, parce qu'elle n'avait jamais rien fait de tel auparavant, elle se retrouva soulevée de son siège et à côté de sa colocataire, essayant inutilement de tirer la télécommande de la prise ferme de la fille.

Vicky était une fille légère, une lectrice typique, très maigre et pâle.

Le seul sport qu'il avait essayé était le cross-country, mais c'était juste pour compléter sa candidature à l'université.

Ainsi, lorsque le tir à la corde télécommandé a cédé la place à un match de lutte, il a estimé que son éducation dans les arts physiques avait fait cruellement défaut.

Parce que combattre Joyce, c'était comme essayer de combattre une araignée.

C'était comme si une main ou une jambe était partout où Vicky voulait bouger.

Son humiliation a été aggravée parce que son colocataire a seulement ri de ses efforts pour attraper la télécommande et a continué à rire quand il a abandonné et s'est contenté de lâcher prise.

«Je ne me suis pas autant amusé depuis que j'ai quitté la maison», rit Joyce. "Mes jeunes frères et moi regardions l'UFC et ensuite nous essayions des mouvements l'un avec l'autre."

Et puis il eut l'impression que quelqu'un essayait de lui arracher le bras de l'épaule.

Vicky n'avait jamais su qu'une telle chose était possible.

«Aïe... Aïe...» et puis il continua à dire quelques mots logés au fond de sa tête, même ceux qu'il n'avait jamais eu de raison d'utiliser.

"Arrête p ...".

En riant, Joyce a déclaré:

«J'avais l'habitude de faire se plaindre mes frères à ma tante parce qu'une fille les avait frappés.

On aurait dit que son articulation était sur le point de se desserrer.

Vicky n'a même pas eu le temps de réfléchir.

"S'il te plaît ... oh ... putain ... putain!"

"Cela s'appelle une barre de bras," dit Joyce en libérant sa colocataire. "Une fois que vous êtes pris au piège, il n'y a vraiment pas d'autre issue que de se soumettre."

CHAPITRE 2

Il prit la télécommande, l'examina brièvement, puis la jeta sur le lit.

"Vous avez fait tomber les piles. Trouvez-les et remettez-les en place."

Ce n'était pas très agréable.

Pas quand l'épaule de Vicky faisait si mal.

Il se demanda s'il avait subi des dommages permanents.

Mais, il a deviné qu'à un moment donné, les batteries ont chuté.

Avalant un peu d'indignation, il a commencé à chercher les deux piles AAA, les a trouvées et les a remplacées dans la télécommande.

Enfin, il a pu se remettre à sa tâche, cela lui avait fait perdre trop de son temps précieux.

"Et réparer mon lit," dit Joyce. "Tous ces combats ont tout gâché."

Elle allait trop loin.

Tout d'abord, Vicky a été victime du match de lutte, pas la gagnante.

Et surtout, le lit avait été en désordre pendant la majeure partie de la semaine.

"Je ne suis pas ta bonne," dit Vicky, et elle retourna à son bureau.

Seulement, elle n'a jamais réussi.

Elle n'avait fait que deux pas avant que Joyce ne soit à nouveau sur elle, frappant comme un cobra.

Joyce attendait une excuse pour continuer le combat.

Elle a continué à se battre avec sa colocataire.

Elle s'était battue avec ses frères à plusieurs reprises.

Elle était plus âgée, mais c'étaient des garçons, physiquement supérieurs, mais néanmoins Joyce était plus intelligente et un peu plus impitoyable.

C'était amusant.

C'était un défi et Joyce a gagné plus qu'elle n'a perdu.

D'un autre côté, ce n'était pas un défi pour Joyce.

C'était une conclusion d'avance.

Vicky n'était pas seulement une femme faible, mais la fille n'avait aucune idée de comment se défendre.

Combattre le petit nerd ne devrait pas être très amusant.

Ça devrait être ennuyeux.

Mais c'était tout sauf ennuyeux.

Était...

.. passionnant.

CHAPITRE 3

Les tétons de Joyce s'étaient transformés en balles.

Ses côtés étaient à la fois chauds et moites.

En vérité, cela avait été un peu excitant de se battre avec ses frères quand il pouvait ressentir la pression occasionnelle d'une érection, sachant à quel point cela les embarrassait.

Et un petit picotement à chaque fois qu'ils allaient pleurer leur tante.

Mais ça, oh oui, c'était dix fois mieux que ça.

Joyce a eu du mal avec sa colocataire.

Appuyant son sexe sur la fille.

J'y travaille.

"Hé," haleta Vicky à bout de souffle.

Elle était si fatiguée qu'il était impossible de se défendre.

Il avait l'impression de ne pas pouvoir respirer.

"Vous ne pouvez pas simplement vous soumettre. Je ne vous ai même pas donné de clé." Dit Joyce en attrapant sa jambe, en mettant ses jambes autour de la fille, en lui attrapant la cheville et en la faisant tourner.

Prêt.

"Chienne!" Hurla Vicky.

"Cela s'appelle un verrou de cheville", a déclaré Joyce en relâchant la pression, mais sans la relâcher. "Vas-tu faire mon lit maintenant?"

"Ouais ..." se plaignit Vicky.

Joyce appuya une fois de plus sur la cheville de la fille.

"Et tu vas nettoyer le sol et ranger mes vêtements."

"Ummmm ... d'accord." Vicky haleta.

"C'est amusant," s'exclama Joyce en saisissant à nouveau la fille. "Je me demande ce que je peux vous faire faire d'autre."

"J'ai dit que je nettoierais le sol!" Vicky a protesté en vain.

Le combat a continué.

C'était une affaire très unilatérale.

La pauvre Vicky était épuisée, mais elle fit un vaillant effort pour échapper aux griffes de sa colocataire, même si elle avait totalement renoncé à se battre depuis qu'elle était petite.

"Tu es si fragile," continua Joyce avec ses commentaires alors qu'elle essayait un mouvement puis un autre.

Il ne se souciait même pas des présentations, il essayait juste de voir dans quelle position il pouvait mettre son colocataire.

Un nouveau mouvement.

La chaleur refit surface dans son corps lorsqu'il regarda le cul de Vicky.

Sa chemise de nuit s'était soulevée et la position dans laquelle elle se trouvait avait fait coincer sa culotte dans la fente de son derrière.

Joyce a même pu voir un peu le trou serré de la fille en raison du coin qui avait été causé.

La pauvre Vicky pouvait sentir la brise fraîche sur ses fesses, mais elle ne pouvait rien faire à part essayer de garder le dos droit.

Elle pouvait encore moins y faire quand son partenaire retira sa queue de cheval.

Elle a cambré son dos et a été forcée de retomber encore plus sur ses jambes.

S'il n'avait pas tellement souffert, l'humiliation de sa position aurait été beaucoup plus aiguë, même si elle était déjà mortifiante en soi.

"Mec," haleta Vicky. "Putain-baise-baise."

"Vous n'essayez même pas de vous défendre", a déclaré Joyce. "Je commence à me demander si tu aimes être maltraité."

"Je ne veux pas me battre contre toi." Vicky se plaignit. "Que ... qu'est-ce que tu fais?"

Que faisait Joyce?

Vicky essaya de se retourner, mais Joyce se planta sur la voûte plantaire de son dos.

Dans son état affaibli, il n'y avait aucun moyen pour Vicky d'ignorer l'autre fille.

Et le pire? Pire?

La pauvre Vicky pouvait sentir ses doigts saisir la bande de sa culotte et la tirer vers le bas.

"Laisse ça là où c'est", demanda Vicky.

Mais à présent, la culotte était hors de portée.

Tout ce qu'il pouvait faire était d'essayer d'écarter ses jambes pour l'empêcher de les enlever complètement.

Mais ces faibles efforts n'allaient pas dissuader la fille la plus forte.

Non, pendant un moment, Joyce a déplacé son poids sur les cuisses de Vicky, puis a brusquement déshabillé la fille de sa culotte.

«Rends-les moi», dit Vicky. Et puis, d'une voix tremblante, ajouta-t-il. "Je le dis sérieusement."

"Maintenant, vas-tu faire au moins un petit effort?" A demandé Joyce.

Ses narines s'évasèrent.

Dieu, elle était si chaude.

Et regarder les fesses douces de l'arrière de sa colocataire la rendait encore plus chaude.

"Dois-je te prendre autre chose?"

"Ne pas suivre!" S'exclama Vicky.

Oh, elle avait fait de son mieux pour le dire.

Il y avait quelque chose d'extrêmement embarrassant dans la situation et elle voulait cacher ce sentiment à Joyce.

Mais bientôt il eut d'autres choses à penser.

Une fessée.

CHAPITRE 4

Une autre fessée.

Merde comme ça pique.

L'empressement de son colocataire.

Enlève sa culotte et lui donne une fessée!

Oh, il allait faire payer la fille ... d'une manière ou d'une autre.

En quelque sorte.

Fessée.

Fessée.

Mais d'abord, Vicky a dû lâcher prise.

"Montre moi ce que tu as." Dit Joyce, puis elle lui a donné une fessée quatre autres.

Elle pouvait voir ses empreintes de mains encadrées de rouge sur la chair blanc cassé de sa colocataire.

Putain, elle était chaude, très chaude.

"Allez. Combattez-moi. Faible."

«Agghhh! Vicky hurla de défi, sa colère chassant sa paresse.

Elle gémit comme un animal piégé.

Elle a donné un coup de pied.

Elle tira sur les cheveux de l'autre.

Elle s'écarta.

Elle se tortilla.

Elle s'est battue.

Cependant, elle a continué à perdre.

Non seulement le match de lutte, mais aussi sa chemise de nuit.

Elle était maintenant totalement nue.

Son visage était rouge d'effort et d'avoir été pressé si fort contre le carrelage.

Elle n'avait failli échapper à la prise de Joyce qu'à deux reprises.

Mais chaque tentative semblait exposer davantage son corps et la fatiguer encore plus maintenant que la montée d'adrénaline avait disparu.

«Allez, Vicky, continuez. Ne restez pas là. Joyce a exhorté la fille prostrée, donnant quelques coups de fouet supplémentaires.

Les fessées qu'elle lui donnait maintenant n'étaient plus dures.

Mais ils étaient assez variés.

Il visait soigneusement, s'assurant de transformer chaque pouce de la peau blanchâtre du cul de Vicky, qui était auparavant parfait, d'un rouge profond.

Et tout aussi important, Joyce fit presser ses lèvres sexuelles contre le gonflement des fesses de sa colocataire, de sorte que le combat se transmettait directement à son sexe enflammé.

Il espérait que Vicky ne pouvait pas sentir son jus.

L'arôme était déjà très fort.

Mais d'un autre côté, la pauvre Vicky avait depuis longtemps renoncé à ce que sa colocataire ne découvre pas l'état de son sexe très humide.

Elle dégoulinait.

Elle pouvait sentir l'air la refroidir.

Il n'avait jamais été combattu et fouetté.

Mais elle était excitée.

Il avait lutté une dernière fois, mais la dernière fois en essayant d'induire Joyce en erreur.

Du moins c'est ce qu'elle s'est dit.

Cependant, leurs luttes n'ont pas cédé à Joyce.

Les luttes ne faisaient que répandre ses cuisses, alors son sexe chaud glissait maintenant contre le sol froid.

Dieu.

Elle laissait une empreinte de pas semblable à une limace sur le sol.

C'était ... Dieu se sentait divin.

Elle n'avait jamais pensé que cela pouvait arriver.

"Ugh" Avec un grognement, Vicky a commencé à pomper ses hanches.

Dieu, il ne pouvait pas croire qu'il faisait ça.

"Dieu Vicky," dit Joyce. "Vous êtes trempé."

Les joues de Vicky brûlaient d'humiliation.

Sa honte secrète avait été découverte.

Pire ... mon dieu. Vicky pouvait sentir un doigt sondant son sexe humide.

Il ne lui restait plus aucun secret après un tel examen.

"Aimes-tu être giflé ? C'est comme ça que tu fais avec ton petit ami ?" Plaisanta Joyce. "Est-ce que c'est Vicky ? Est-ce qu'une fessée t'excite ?"

"Non," mentit Vicky.

Mais elle ne voulait pas essayer d'empêcher son partenaire de bouger ses doigts pour la sonder.

Ils se sentaient trop bien.

C'était trop bon

"Je pense que oui," dit Joyce. "Votre chatte a dit oui, non ?"

"Non ..." gémit Vicky.

Dieu, la fille la rendait folle.

"Je pense que vous appréciez vraiment tout cela", a déclaré Joyce. "Découvrons-le."

Oh mon Dieu. Et maintenant quoi ? Vicky pensa alors qu'elle sentait Joyce déplacer mystérieusement son poids sur elle avant de se retourner brusquement.

C'est alors qu'il découvrit ce que Joyce avait fait.

Sa culotte était enlevée.

Vicky pouvait voir les fesses nues de sa colocataire alors que la fille la chevauchait sur sa poitrine, ses tibias s'enfonçant dans les poignets de Vicky jusqu'au sol.

Joyce se lécha les lèvres en fixant le corps totalement nu et sans défense de son colocataire ringard.

"Je pense que cela nécessite une enquête approfondie."

"Assez," haleta Vicky.

Il n'avait aucune idée de ce qu'impliquait une enquête approfondie, mais il ne voulait pas en faire partie.

Pourtant, Joyce avait exactement cela à l'esprit.

Une enquête approfondie de sa chatte.

Les lèvres roses gonflées de Vicky s'ouvrirent.

"Humide et dodu." Dit Joyce. "Et regarde ce clitoris. Elle demande pratiquement une caresse."

"Non ce n'est pas". Protesta Vicky d'une voix grinçante et tremblante.

Ses cuisses se fermèrent brièvement par défi.

"Je pense que oui," Joyce caressa la fente humide de Vicky.

Faites courir votre doigt de haut en bas sur sa coupe rose.

Vicky haleta et ses cuisses se séparèrent à nouveau, offrant le doux petit bouton entre ses cuisses.

Joyce sourit et maintint son contact, caressant de temps en temps le clitoris de Vicky.

Travailler la fille jusqu'à ce qu'elle atteigne un point de fièvre.

Vicky réalisa soudain qu'il allait la forcer à venir.

Une fille allait la faire jouir.

Il avait toujours entendu des histoires de filles expérimentant à l'université, mais il n'avait jamais pensé qu'il ferait partie de ces filles.

Mais la chaleur à l'intérieur de son ventre l'a convaincue du contraire.

Mais ensuite, ces doigts doux et doux ont été écartés, la laissant flotter au bord de l'orgasme.

Il l'avait caressée très doucement puis l'avait fait flotter hors de portée de l'orgasme.

L'esprit de Vicky était encore un fouillis.

C'était une chose d'être forcé d'être coincé sous une autre fille, les bras piégés et incapable de bouger, mais une autre. ... soulevez ses hanches minces, cherchant ce toucher doux.

Cela signifie qu'elle participait.

Et avant qu'elle n'ait pu essayer de poursuivre sa colocataire pour les libertés qu'elle avait prises.

Maintenant, elle … soulevait ses hanches, cherchant le contact de Joyce … de plus en plus haut … là … ahhh … juste là.

C'est tout, se dit Joyce en penchant les hanches de Vicky, les faisant commencer à pousser et à pomper du mieux qu'elle le pouvait dans une position aussi inconfortable.

Viens a moi.

Vous allez devoir aller beaucoup plus loin avant que j'en ai fini avec vous.

CHAPITRE 5

"Je t'ai dit que tu l'aimais," plaisanta Joyce, pressant légèrement le clitoris gonflé de Vicky. "Il en est ainsi, n'est-ce pas ?"

Les côtés de la pauvre Vicky commençaient à souffrir de besoin.

Elle souleva ses hanches jusqu'à ce que son abdomen secoue, mais ce n'était pas assez haut pour la mettre en contact avec les doigts de Joyce.

Il ne pouvait rien faire s'il n'admettait pas la vérité.

"Oui." Vicky gémit presque à bout de souffle.

Slap-slap-slap.

Joyce a giflé le sexe de Vicky, éclaboussant tout son nectar dans le processus.

Les hanches de Vicky se sont redressées.

La sensation n'était pas douloureuse, mais elle avait été choquante.

Pire encore, il avait poursuivi son orgasme.

C'était décevant, mais il avait quand même aimé ça.

Le sentiment de besoin qu'elle avait éprouvé et son impuissance l'avaient profondément effrayée.

Il avait peur ... oh, mon Dieu, que lui faisait cette horrible fille maintenant ?

Il la frottait à nouveau.

Et le frottant comme elle l'aimait.

Maintenant, elle étendait à nouveau ses cuisses de son plein gré.

Rendre son sexe tendu à l'intérieur.

Faire danser des crampes à travers son aine.

Faire battre son cœur.

C'est alors que Vicky réalisa qu'elle pouvait voir le trou étroit et étroit de sa colocataire et sa fente pressée contre sa poitrine.

Il pouvait sentir l'humidité qu'elle dégoulinait sur sa poitrine.

Il pouvait sentir le musc doux de son sexe.

Si elle pouvait libérer ses mains, elle serait prête à caresser Joyce, espérant que la fille arrêterait de la déranger et finirait peut-être de lui plaire.

Mais Joyce avait ses propres idées.

Elle était bien consciente que Vicky était impuissante sous elle, et également consciente de l'effet que ses jeux avaient sur elle.

Il était bien conscient qu'elle rapprochait lentement ses fesses de plus en plus du visage de sa colocataire.

Vicky avait toujours eu des notes proches des plus élevées de sa classe.

Elle était brillante et intelligente.

Elle se considérait comme une penseuse profonde, mais pour la première fois, elle avait du mal à réfléchir.

La chaleur coulait dans son ventre et son sexe lui faisait mal.

Les fesses de Joyce étaient juste là devant elle.

À un pouce de ses lèvres.

Vicky atteignit ses lèvres désirées.

Les narines de Joyce s'évasèrent lorsqu'elle sentit ces premiers baisers hésitants.

Ah oui.

Ça faisait du bien, même si elle voulait un peu plus de stimulation.

Et il l'aurait avant que tout ne soit dit et fait.

«Tu aimes ma chatte? Joyce a demandé, alors qu'elle se penchait en avant, et soufflait sur le sexe excité de Vicky.

"Ouais," murmura Vicky, écartant les jambes, impatiente que Joyce la lèche ... là-bas.

«Lèche-moi», ordonna Joyce. "Lèche ma chatte."

Vicky pouvait sentir le souffle de chaque mot sur sa chatte.

Joyce était si proche.

Si près de la lécher et de la faire jouir.

J'étais sûr que d'autres filles avaient probablement expérimenté comme ça.

Cela ne la rendait pas gay.

Il ne savait même pas s'il allait l'apprécier.

Sa langue glissa et il fit une tentative de recherche.

Et ce n'était pas si mal.

Elle recommença, un peu plus déterminée cette fois.

"Oh ouais, c'est divin," dit Joyce d'une voix rauque. "Lèche ma chatte. Plus vite. Oh ouais ... comme ça, continue."

Lèche-moi aussi, voulait dire Vicky.

Mais sa bouche était occupée différemment maintenant et Joyce était de nouveau assise, alors Vicky avait littéralement la bouche pleine de chatte maintenant et son nez était... elle ne voulait même pas penser à où était son nez.

"Vilaine fille," ronronna Joyce. «Est-ce que tu joues aussi avec mon anus? Hmm... ça fait du bien. Veux-tu que je joue avec le tien?

"Uffff ..." protesta Vicky.

Ne pas.

Non, elle ne voulait même pas que son nez soit là où il était, et encore moins être touché ... là-bas.

Mais à ce moment-là, un doigt imbibé de jus était poussé brusquement devant son sphincter.

C'était étrange d'avoir quelque chose coincé dans ce trou, mais encore plus étrange était d'avoir ce quelque chose qui poussait, alors que la direction avait toujours été vers l'extérieur.

Elle ne voulait pas être envahie là-bas, au moins elle ne pensait pas qu'elle le voulait.

Cela l'a laissée se sentir encore plus impuissante.

Oh mon Dieu ... si impuissant, luttant pour respirer, lécher et se faire baiser avec maintenant deux doigts dans le cul.

Elle n'était pas censée être traitée comme ça.

Et ce n'était certainement pas censé être aussi chaud que la situation l'était.

Elle ne devrait pas lécher la chatte d'une fille.

Encore moins une fille qui avait été si méchante avec elle.

"Juste là ... juste là ... juste là ... oh mon ... oh mon ..." gémit Joyce, ses hanches chevauchant la fille impuissante piégée sous elle.

Atteindre et saisir les mamelons de la fille entre le pouce et l'index et tirer vers le haut.

Sentir la protestation angoissée de la fille s'étouffant avec sa chatte.

Aimer la langue agile qui accélérait maintenant plus vite que possible.

N'ayant qu'un bonnet B, Vicky n'était pas très douée en matière de seins, mais ce qui lui manquait de circonférence, elle le compensait par la sensibilité.

Et avoir ses mamelons étirés comme ça faisait mal!

Bien que l'expérience ait également tiré des rayons de plaisir directement sur son sexe.

Mais tout cela était trop.

Aussi.

Elle lécha Joyce pour tout ce qu'elle ressentait, dans l'espoir de mettre fin rapidement à son apogée, avec le tourment sur ses mamelons.

"Oh ouais, ouais, oh ouais. Ça, ouais." Joyce gémit.

Ses mouvements sont passés d'intensité à un mouvement langoureux alors que son orgasme atteignait son apogée et commençait à diminuer.

Avec ses hanches prétendant être une sorte de tire-bouchon alors qu'elle utilisait le nez de sa colocataire pour lui plaire l'anus.

CHAPITRE 6

"Maintenant c'est à vous," dit Joyce. « Tu veux que je te fasse jouir ?

"Oui." Admit Vicky.

Non seulement il voulait venir, mais il méritait de venir après tout ce qu'il avait enduré aux mains de cette fille.

"Mmmm ..." ronronna Joyce en étirant ses doigts le long du corps mince de la fille.

Se diriger lentement vers le sexe super humide de Vicky.

"Quelle chatte sale et coquine tu as," dit Joyce, regardant quelque chose dans un petit sac cosmétique ouvert à côté du lit de Vicky.

Il l'a ramassé et a appuyé sur le bouton d'alimentation.

Il pouvait sentir les vibrations jusqu'à ses doigts.

"Je pense qu'il a besoin d'un bon nettoyage à l'intérieur."

Vicky n'avait aucune idée de ce dont la fille parlait.

Il pouvait entendre un bourdonnement familier, mais ne pouvait pas localiser le son.

"Oh!" Vicky haleta lorsqu'elle sentit le premier contact électrique, ses hanches se tordant pour échapper à la sensation accablante.

Mais il a vite réalisé ce qu'il ressentait et a également réalisé à quel point il se sentait bien.

Merde.

Oh putain.

C'était sa brosse à dents.

Joyce a dû le sortir de son sac à cosmétiques.

Jésus ... elle n'avait pas de rechange.

Je devrais ... oh, Jésus.

Elle allait venir.

Elle était tellement dure.

Et avec une réaction involontaire à la stimulation, Vicky pinça les lèvres et embrassa ce qui était devant elle et qui s'avéra être le cul bien musclé de sa colocataire.

"Oh bébé, ça fait du bien." Joyce ronronna. "As-tu déjà eu quelqu'un qui baise cette chatte? Je veux dire, vraiment baiser?"

"Mmmmmmm" gémit Vicky et écarta les jambes aussi largement qu'elle le put.

"Ralentissons bébé," dit Joyce. "Nous avons toute la nuit."

Joyce a utilisé la brosse à dents sur les mamelons de Vicky, puis l'a fait glisser de haut en bas sur sa fente.

Mais pas assez pour envoyer la fille sur le bord.

Elle sourit méchamment.

Elle devenait bonne dans ce domaine.

Vicky gémit.

Ses hanches gonflaient, accueillant les vibrations à haute fréquence, chaque fois que Joyce jugeait bon de la faire glisser là où cela lui faisait le plus de bien.

Oh mon Dieu.

Elle allait venir.

Elle allait venir très fort.

Et juste à ce moment-là, Joyce a retiré sa brosse à dents et a tapoté le sexe excité de Vicky.

"Oh mon Dieu ..." haleta Vicky, ses hanches se soulevant et mourant du contact.

Même pour ces caresses piquantes qui l'ont éloignée de l'apogée.

Elle a essayé de libérer ses bras piégés.

Elle a essayé de trouver une sensation pour la pousser à la limite.

La pauvre Vicky ne savait pas quoi faire.

Bien que son corps ait quelques idées.

Il embrassa à nouveau l'arrière musclé devant son visage.

Il l'embrassa et l'embrassa encore.

"Mmmm ..." dit Joyce, glissant lentement une main vers le sexe gonflé de Vicky.

Mettre l'autre main sur ses fesses, les étendre.

Vicky pouvait voir grand ouvert le trou interdit ridé de sa colocataire. Ne pas.

Il avait seulement embrassé les fesses de la fille parce qu'il n'y avait rien d'autre à embrasser.

Cependant, elle n'avait aucune intention d'embrasser ça.

Pas du tout.

Pourtant, Vicky pouvait sentir à quel point la brosse à dents vibrante était proche de son sexe douloureux.

Très, très proche.

Vicky a pris une décision rapide.

Elle lécherait encore Joyce si cela la faisait jouir.

Seulement qu'elle lécherait le bon trou.

Pliant son cou à un angle compliqué, Vicky a essayé d'accéder au sexe de Joyce avec sa langue.

Oh non non! Pensa Joyce.

Il a joué avec le mamelon de Vicky avec la brosse à dents et a utilisé son autre main pour jouer avec l'autre mamelon, faisant des cercles et tirant parfois dessus, parfois cruellement.

Il a ensuite basculé le traitement sur l'autre sein, avant de finalement glisser la brosse à dents vibrante près du sexe de Vicky.

Elle a commencé à tapoter légèrement le clitoris gonflé de sa colocataire avec sa tête.

Dieu, je viens, était la seule pensée de Vicky.

Il ne pouvait pas croire ce qui lui arrivait.

Elle ne pouvait pas croire qu'elle était sur le point de... elle pinça les lèvres et l'embrassa.

Il embrassa l'anus serré et plissé que Joyce lui montrait.

Oh mon Dieu. Oh mon Dieu.

Je ne peux pas croire que cela arrive, se dit Joyce.

Elle s'est délectée de l'instant, mais en voulait plus.

Elle recommença à faire glisser la brosse à dents de haut en bas sur la fente humide de Vicky.

Amener la fille au bord du gouffre.

Regarder ses hanches glisser et pomper.

Offrir son sexe, maintenant trempé, pour la stimulation.

"Mauvaise fille." Chuchota Joyce.

Et il a fouetté ces lèvres pincées avec la paume de sa main.

Gifle assez fort pour piquer et il n'y a donc aucune question dans l'esprit de Vicky quant à savoir qui était responsable.

CHAPITRE 7

Comme si Vicky avait des doutes à ce stade.

La seule chose à laquelle elle pouvait penser était le besoin douloureux au fond d'elle qui avait besoin de stimulation.

C'était ce dont il avait besoin, pour trouver une sorte d'excitation pour sa libération désespérée.

Il ne pensait plus à la honte ou à ce qu'il faisait de mal.

Ses seules pensées étaient centrées là, entre ses cuisses, et que les sensations qu'il y recevait étaient liées à ce qu'il faisait avec ses lèvres et sa langue.

Parce que Vicky occupait depuis longtemps cet orifice interdit par de légers baisers hésitants.

Maintenant, elle a léché.

Elle s'est embrassée sérieusement.

Elle a sondé avec sa langue.

La conduire à l'intérieur du mieux qu'il pouvait.

"C'est très sale," roucoula Joyce. «Et je pensais que tu étais juste bon pour t'habiller, alors que tu étais en fait un petit pervers. Pensez-vous que je devrais vous laisser courir? Êtes-vous mon petit pervers?

"Mmmmmmm ... ouais ..." murmura Vicky, sa bouche fermement plantée sur le cul tonique de sa colocataire.

"Alors fais venir ta petite chatte sale ici où je peux l'atteindre," dit Joyce. "Et mieux vaut se dépêcher avant que ces piles ne s'épuisent."

La pauvre Vicky a davantage cambré son bassin pour donner à sa colocataire un meilleur accès.

Cependant, il a constaté que le bourdonnement de la brosse à dents était encore trop loin.

Tentant, mais hors de portée.

Vicky arqua encore plus son bassin.

Il sentit brièvement le contact électrique.

Oh mon Dieu.

Ce n'était toujours pas suffisant.

Il a soulevé ses pieds puis a soulevé ses genoux.

Ses hanches ne touchaient plus le sol.

Cela suffirait sûrement.

Ce n'était tout simplement pas assez.

"S'il vous plaît ..." murmura Vicky.

"Tu n'en veux pas?" Plaisanta Joyce. "Venez le chercher."

Oh comme elle le voulait.

Vicky se tenait sur la pointe des pieds et poussa son bassin vers l'avant pour la dernière fois.

Ses mollets et ses cuisses tremblaient.

Elle ne pouvait pas occuper ce poste longtemps.

Il a prié pour qu'il soit assez grand.

Joyce toucha le pinceau de son clitoris et de ses lèvres enflés et compta «Uno» dans sa tête.

Puis il a décollé et a compté «Deux. Trois ".

Puis à nouveau pour un «One».

Puis de retour pour deux autres.

En haut et en bas.

Allumé et éteint.

Allumé et éteint.

Joyce leva la main et attira Vicky sur ses fesses.

Merde, cette langue était divine avec un grand D.

Il pourrait s'habituer à ce genre de soins.

"Je ne durerai pas longtemps comme ça ... Je ne durerai pas ... Je ne peux pas ... Je ne peux pas ..." répéta Vicky dans son esprit.

Ses muscles brûlaient.

Sa cuisse avait une crampe.

Il mourait d'envie de redresser sa jambe et d'attendre que le nœud douloureux se dissipe, mais il avait peur de perdre à nouveau la sensation de la brosse à dents.

Il était difficile de respirer coincé là sous les fesses musclées de sa colocataire.

Il resta en position et ignora ses membres et ligaments protestants, léchant toujours son anus autant qu'il le put.

La merveilleuse sensation a commencé au plus profond de son ventre.

Oh putain.

La chaleur accumulée.

Puis tout a semblé se répandre ... comme un énorme raz-de-marée.

Cumming.

Oh mon Dieu, elle jouissait.

Jamais auparavant elle n'avait ressenti un point culminant d'une telle ampleur.

Même Joyce était jalouse de la réaction de sa colocataire.

Les jambes tremblantes, le sexe pénétrant, les gémissements bruyants sous son cul, le jet de jus de la fille se répandant sur le carrelage.

Oh ouais, c'était un enfer d'un point culminant.

Joyce était sûre qu'un orgasme comme celui-là ne suffirait pas à sa colocataire.

CHAPITRE 8

Et ce n'était pas assez.

Bien sûr, Vicky s'est dit qu'elle ne se comporterait plus jamais comme ça.

Mais le lendemain, Vicky ne put s'empêcher de penser à ce qui était arrivé à sa colocataire.

Être maltraité.

Fessée.

Se moquer si cruellement.

Alors que le moment de retourner dans sa chambre approchait, elle devenait de plus en plus anxieuse.

Est-ce que Joyce lui ferait quelque chose à son retour?

Voulait-elle que Joyce fasse quelque chose avec elle?

Vicky pouvait se sentir en sueur.

Il pouvait sentir sa culotte se mouiller.

Dieu ... et si Joyce réalisait cela?

Je suppose que Vicky en voudrait plus.

Avec des doigts tremblants, Vicky inséra la clé dans la serrure de la porte de sa chambre et la déverrouilla.

Joyce était là à son bureau ... ne reconnaissant même pas sa présence.

Peut-être que toute cette anxiété n'avait servi à rien.

Le silence est devenu inconfortable.

"Salut ..." lâcha Vicky et maudit son discours hésitant.

"Oh salut Vicky," dit Joyce, tournant sa chaise pour la regarder.

Le regard de Vicky passa comme un aimant entre les cuisses de sa colocataire.

La fille portait une jupe courte et pas de culotte.

Sa petite fente bouclée était là, la regardant avec effronterie.

La fille n'avait-elle pas honte?

"Je pensais à toi," dit Joyce en se levant et en se dirigeant vers sa colocataire qui était gelée en plein milieu de la porte.

"Tu étais?" Répondit Vicky.

Ses joues brûlaient d'un rouge vif.

Quel genre de réponse était-ce?

Elle ne pouvait pas penser clairement.

"Je pensais que ma chatte se sentait si seule," dit Joyce, faisant tournoyer une mèche de cheveux de Vicky.

Sa prise se déplaça vers le cou de Vicky.

"Il est triste et a besoin de se remonter le moral."

Le symbolisme de la main autour de son cou était clair et le cœur de Vicky s'emballa alors qu'elle regardait sa colocataire grimper sur sa jupe et commencer à travailler.

Il commença à être excité quand elle enleva ses doigts mouillés et les porta aux lèvres de Vicky.

Il ne devrait pas faire ça, se dit Vicky, alors même que ses lèvres s'entrouvrirent et suçaient le doigt offert de son revêtement acide.

"Tu as trop de vêtements," dit Joyce en dépouillant sa colocataire de ses vêtements, laissant la fille dans juste une paire de chaussettes.

Je suppose que c'est ça, se dit Vicky.

C'est maintenant que nous faisons l'amour.

«Je pensais que nous pourrions jouer à un jeu différent aujourd'hui», a déclaré Joyce en retirant le foulard de son cou et en l'attachant à la tête de Vicky, le transformant en un bandage de fortune.

"Tu as fait du bon travail en me léchant la chatte hier," dit Joyce en conduisant Vicky à son bureau. "Mais aujourd'hui, je vais vous montrer ce que j'aime vraiment."

Avec un sourire tordu, Joyce tendit la main et tordit la barre de store de la fenêtre.

Son angle permettait maintenant à la fille de voir la chambre devant elle et quiconque regardait par la fenêtre pouvait les voir.

Les narines s'évasèrent, il se rapprocha du mur.

Elle était sûre que personne ne pouvait rien voir au-dessus de sa taille.

Mais pauvre Vicky.

Vicky était directement en vue.

"Cela commence avec mes pieds," dit Joyce, en amenant un pied aux lèvres de Vicky.

Riant, mais retirant son pied au contact chatouilleux de ses lèvres et au souffle chaud de sa colocataire.

"Ça chatouille."

Et à partir de là ce jour-là, tout était des leçons.

Vicky a appris à lui sucer les pieds.

Pour se lécher.

Embrassez les mollets et les genoux.

Hachez entre les cuisses étendues.

Respirez votre souffle chaud sur le sexe de Joyce.

Embrassez les lèvres ... là-bas.

Lécher la rainure.

Travaillez le clito de votre colocataire pour jouir avec votre langue.

Brossez doucement votre langue sur le clitoris.

Caressez les mamelons durs avec vos mains libres.

Caressez tout.

Travailler sa langue plus vite quand Joyce était sur le point de venir et ralentir alors que la fille sortait de son orgasme.

Vicky entendit à nouveau Joyce bouger et se demanda si c'était à son tour de faire l'amour.

Mais Joyce avait d'autres plans.

"Approche-toi," dit Joyce, maintenant face au bureau et se penchant en avant. "J'ai une surprise pour toi".

Vicky se pencha plus près alors que son front se fronçait d'inquiétude.

Quel genre de surprise Joyce avait-elle en tête pour elle?

En approchant, il n'y avait aucun doute sur ce que Joyce lui offrait en se retournant et en se penchant.

Son beau cul tonique.

À ce moment, Joyce se retourna et attrapa la queue de cheval de Vicky et la serra fort.

"Lèche-le," grogna Joyce en rapprochant la tête de Vicky de son entrejambe.

C'était un ordre.

Avec un frisson, Vicky eut un doux miaulement de désespoir.

Cela ne semblait pas tout à fait juste, car elle avait léché cet endroit même la nuit précédente.

Mais si elle n'était plus aussi excitée, elle aurait sûrement refusé.

Cependant, à présent, cela avait semblé être une heure à faire venir Joyce et elle ne l'avait toujours pas fait.

Elle ne voulait pas tout gâcher avant que ce soit son tour.

Sa langue glissa entre ses lèvres et son anus et commença à lécher.

"Mmmmmmm ..." gémit Joyce en caressant son clitoris avec ses doigts et appréciant les sensations de ses fesses. "Bonne fille."

"Tu es une sale petite salope," haleta Joyce. "Tu le sais?"

Avec sa bouche autrement occupée, Vicky gémit en réponse.

Joyce se frotta plus vite, son torse reposant sur le bureau alors que son bras gauche ne pouvait pas supporter son poids.

Oh putain!

Et l'orgasme suivant la déchira comme une traînée de poudre.

"Lève-toi et attends ici," dit Joyce une fois qu'elle était sortie de son orgasme.

Elle a sorti la brosse à dents de Vicky de sa trousse de toilette.

Un petit hoquet s'échappa des lèvres de Vicky lorsqu'elle entendit le bourdonnement familier si près de son oreille.

Joyce a joué avec sa colocataire, faisant courir sa tête vibrante sur les zones érogènes de Vicky.

Le corps de Vicky tremblait à chaque fois qu'elle sentait la tête bourdonnante toucher son sexe ...

La sensation était trop intense, et encore plus parce qu'il portait toujours le bandeau et ne pouvait pas se préparer au contact.

Pourtant, à chaque contact, son corps tremblait de moins en moins à mesure qu'il s'acclimatait.

«Vous êtes-vous brossé ce matin? Joyce le taquina en touchant la tête de la brosse à dents contre la bouche de Vicky.

"Ouais ..." réussit Vicky, tournant la tête pour empêcher la brosse imbibée de sexe de pénétrer dans sa bouche.

«Allez,» insista Joyce, alternant entre taquiner la chatte de Vicky et essayer de faire passer la brosse dans la bouche étroitement fermée de la fille.

Le frisson du pouvoir la réchauffait à nouveau.

"Allez. Tu sais que tu le veux. L'hygiène bucco-dentaire est très importante ... Je sais aussi où se trouve ta bouche. Elle a besoin d'un bon nettoyage."

"Non," haleta Vicky, ses lèvres fermement pressées.

Il avait renoncé à tourner la tête et maintenant la brosse à dents bourdonnait entre ses lèvres et vibrait contre ses dents.

Il pouvait sentir la puanteur musquée de son sexe sur la brosse.

Elle ne pouvait pas faire ça.

Elle ... ses dents se sont ouvertes.

J'ai pu goûter leurs jus mélangés à de la menthe.

"Ouvrez-le complètement." Dit Joyce.

Vicky ouvrit la bouche.

Dieu, c'était tellement humiliant.

Elle se sentit si impuissante que sa colocataire passa la brosse sur ses dents et sa langue.

Joyce abaissa à nouveau la brosse et travailla sur le sexe de sa colocataire.

Faire de nouveau entrer la fille dans une frénésie.

"Remets-toi à genoux," ordonna Joyce.

Avec ses joues rougeoyantes en colère, Vicky ne s'était jamais sentie plus maîtrisée que lorsqu'elle s'était agenouillée et que sa colocataire continuait de la brosser et de la taquiner.

"Je vais le mettre dans ta chatte," plaisanta Joyce. "Non, retourne-toi cette fois. En levrette tu aimes baiser, salope maigre."

Vicky rougit encore plus lorsqu'elle se retourna et tenta de faire rouler son cul sur la brosse vibrante pour lui faire toucher son clitoris.

Cependant, il était trop haut, la frappant vraiment au cul.

Et Joyce n'était pas coopérative.

"Vous le voulez, venez le chercher," rigola Joyce. "Allez. Plus haut ... plus haut ..."

La pauvre Vicky a été forcée de se lever sur les mains et les genoux ...

Il était presque debout, mais maintenant il soutenait le haut de son corps avec ses mains sur le sol.

Ce n'était pas confortable ... pas pour longtemps.

Mais elle n'aurait pas à être mal à l'aise longtemps puisque le pinceau l'avait presque amenée à jouir.

Juste un petit contact avec son clitoris et ça partirait comme une fusée.

"Encore la bouche," dit Joyce, quand elle détecta le tremblement le long de la colonne vertébrale de sa colocataire.

"S'il te plaît ..." gémit Vicky, ignorant l'ordre, se poussant de plus en plus fort, sur la pointe des pieds.

Il était trop près pour arrêter d'essayer maintenant.

"J'ai dit bouche," la voix de Joyce prit un ton dur alors qu'elle enlevait le pinceau.

Avec un gémissement déçu, Vicky se retourna, s'agenouillant rapidement.

La brosse à dents n'arrêtait pas de sonner, mais au lieu de se brosser les dents cette fois, il la laissa sucer le jus de la tête de la brosse à dents.

"Petite salope perverse," dit Joyce. "Tu deviens bon à ça. Maintenant, retourne-toi et essaie de jouir."

Vicky n'avait pas besoin qu'on le dise deux fois.

Il se retourna et chercha à nouveau le contact avec la brosse.

Elle avait toujours les yeux bandés, donc elle ne savait pas que Joyce repoussait la brosse à chaque fois qu'elle s'approchait.

La faire travailler pour ça.

Cambrure du dos.

Hanches à la recherche.

Les jambes tremblent.

Jusqu'à ce qu'il prenne enfin contact.

"Oh putain ..." gémit Vicky.

Je ne pensais plus à quel point cela semblait embarrassant.

Elle était comme un animal.

Son corps voulait se libérer ... il en avait besoin.

"Putain ... putain ... oh mon ... oh mon ..." cria Vicky d'un ton aigu et essoufflé.

De plus en plus vite elle gémit.

Du lait chaud s'est renversé sur ses jambes.

CHAPITRE 9

Au début, Joyce pensa que sa colocataire était devenue folle, mais elle réalisa ensuite qu'elle était arrivée.

Wow allez.

Joyce sourit et tourna le bar pour que les stores se ferment.

"Tu peux enlever le bandeau maintenant," dit-elle à la forme prostrée de sa colocataire, allongée épuisée sur le carrelage, se vautrant presque dans son jus copieux.

Vicky enleva le bandeau, mais n'avait pas l'énergie de se lever du sol.

Il doutait de pouvoir jamais le faire.

Mais moins d'une minute plus tard, elle est devenue froide et gênée par la présentation qu'elle faisait alors qu'elle était étendue nue sur le carrelage froid.

Si seulement elle savait cela, dans la chambre de l'autre côté de la fenêtre, ils avaient vu bien plus que cela.

La plupart s'étaient détournés de dégoût.

Certains ont pris des photos pour les voir plus tard.

Mais quelques-uns avaient veillé jusqu'au bout.

Il avait éteint les lumières et tous ses clitoris impatients.

Tenant l'image de la fille dans leur esprit.

Déterminer que, si l'occasion se présentait, ils voudraient jouer avec ce cul et cette chatte aussi.

Une de ces filles a demandé à sa colocataire:

"Elle me semble familière. L'avez-vous vue dans l'un de vos cours?"

"Non, mais je l'ai vu quand je suis passé devant le cours d'informatique", dit l'autre. «Elle est une sorte de geek informatique.

"Quel jour et à quelle heure?"

"Demain à trois heures de l'après-midi"

"Je parie que si on l'emmène quelque part, elle fera tout ce qu'on veut."

"Et je veux faire beaucoup de choses amusantes avec elle." Dit-il en suçant le jus de ses doigts.

"Moi aussi." Dit l'autre en suçant un doigt.

"Cela pourrait devenir bruyant."

"Alors emmenons-la dans notre chambre."

«Pensez-vous qu'elle viendra?

L'autre fille a pris une brosse à dents électrique et l'a allumée.

Ses yeux brillaient dans le noir.

"Oh, j'ai le sentiment qu'il le fera si je lui montre ça. De plus, j'ai pris des photos et je parie qu'il ne veut pas qu'elles soient distribuées sur le campus."

FIN

49

HABILLÉ POUR L'OCCASION
ERIKA SANDERS

51

Le silence de la nuit l'entourait, la pressant de sa sérénité, essayant de calmer son anxiété.

Cependant, cela ne pouvait pas la calmer.

Des sentiments effrénés auxquels elle n'était pas habituée, et qu'elle n'avait jamais éprouvés auparavant, ont envahi son corps, la rendant nerveuse.

Ses talons claquèrent doucement le long du chemin pavé alors qu'elle regardait le ciel.

Pourquoi tu vas là ce soir?

Pourquoi s'était-elle habillée comme ça?

Je pouvais sentir le pouvoir que son regard avait sur elle.

Elle soupira et permit à son esprit de cesser de penser aux événements qui pourraient se produire ce soir.

* * *

C'était comme si chaque regard était sur elle lorsqu'elle entra dans la pièce.

Ses talons aiguilles claquèrent contre le plancher de bois franc alors qu'elle traversait la piste de danse et s'approchait du bar.

La jupe de sa tenue rouge et noire se balançait d'un côté à l'autre à chaque pas, la bande rouge coulant contre son genou tandis que la noire reposait à quelques centimètres au-dessus.

Le chemisier pendait librement sur ses épaules, le long de ses seins, rebondissant suffisamment pour attirer l'attention à chaque pas qu'elle faisait et montrant une généreuse proportion de peau.

Et sans soutien-gorge.

Elle savait à quoi elle ressemblait dans cette tenue.

Elle ressemblait à un renard.

Elle avait fini le look avec un tour de cou en dentelle noire autour du cou et juste une touche de rouge à lèvres rouge.

Elle s'est assise entre un homme et une femme et a souri au serveur.

"Bonjour James"

"Samy. Comme c'est bon de te revoir." Il laissa ses yeux glisser lentement sur son visage et ses seins. "Très bien en effet. Et pour qui est l'occasion?"

Elle secoua la tête et sourit, faisant tomber une boucle de boucle sur son oreille.

"Aucune chance. Je voulais juste m'habiller comme ça."

Il tendit la main au-dessus du bar et plaça la boucle derrière son oreille.

Ses doigts effleurèrent le côté de sa joue et elle oublia presque de respirer.

"Tu devrais t'habiller comme ça plus souvent."

"Peut être que je le ferais."

"Je quitte le travail maintenant la nuit vers onze heures. Voudriez-vous danser plus tard?"

Elle hocha lentement la tête, incapable de détacher son regard du sien.

Avec une précision très lente, il se pencha au-dessus du bar et porta ses lèvres aux siennes, approfondissant suffisamment le baiser pour lui donner envie de plus avant de s'éloigner.

"Environ vingt minutes."

* * *

Ces vingt minutes n'avaient jamais semblé plus longues dans la vie de Samy.

Elle regardait tout autour d'elle tout le temps conscient de chaque mouvement qu'il faisait sans même le regarder.

C'était comme si ses sens étaient à l'écoute de son corps, mais elle sursauta quand il la toucha sur le dos de l'épaule.

Il avait déboutonné le col de sa chemise noire et lui souriait en lui tendant la main.

"Je pense que tu me dois une danse."

Quand elle a placé sa main dans la sienne, c'était comme si une petite décharge d'électricité avait traversé son corps.

Il a souri en la portant dans un coin de la piste de danse, puis l'a tirée plus près de son corps lorsque la chanson a changé.

C'était lent et séduisant, et son rythme cardiaque semblait correspondre à son cœur alors qu'elle se pressait contre lui.

Et déjà tout à coup, elle était très consciente des contours durs qui ondulaient contre son corps mou.

Elle glissa ses bras autour de lui, pressant ses courbes lisses du dos avec ses mains alors qu'elles se balançaient d'un côté à l'autre.

Il se pencha et pressa ses lèvres contre les siennes, les séparant doucement et la séduisant avec sa langue.

Sa main glissa plus bas dans son dos, reposant sur sa hanche, glissant suffisamment bas pour caresser une joue de son cul alors qu'il tirait son bas du corps contre le sien.

Elle haleta en sentant à quel point il se pressait vraiment contre elle et elle aurait juré l'avoir entendu gémir.

Mais comme il l'a fait, l'autre serveur l'a appelé et il a soupiré, baissant la tête en arrière.

"Samy ... je reviens. Je jure que je le ferai. N'allez nulle part."

Elle hocha la tête un peu bêtement en quittant la piste de danse et pénétra dans une cabine isolée.

Il vit James retourner au bar et se pencher à nouveau sur lui, parlant à Joseph.

Joseph était le barman remplaçant de la nuit.

Il a toujours pris le relais lorsque James a pris sa retraite.

Quand il a vu une grande blonde aux longues jambes se joindre à eux, il a réalisé quelque chose.

Ce n'était pas ce genre de fille.

Je n'avais aucune idée de ce que je faisais.

James était le type d'homme qui était toujours disponible pour n'importe quelle fille, n'importe quelle fille grande, blonde et super sexy.

Et elle était petite, sombre et latine.

Elle est partie en courant.

Aussi vite et silencieusement qu'il le pouvait.

Il se dirigea vers la porte et quand il regarda par-dessus son épaule, il vit la blonde se pencher près de James et glisser ses doigts le long de son bras.

Elle soupira et secoua la tête alors qu'elle continuait son chemin.

Ce ne serait pas bien de s'arrêter et d'y penser.

Ses pieds ont commencé à lui faire mal aux talons, alors elle les a enlevés et s'est détournée du chemin pavé, laissant ses pieds la guider vers la rive qu'elle connaissait si bien.

Il plongea ses pieds dans la berge et regarda simplement l'eau pendant longtemps.

"À quoi je pensais?" Elle a finalement murmuré.

"C'est ce que j'aimerais savoir."

Elle a presque crié en se retournant.

James se tenait derrière elle, les bras croisés avec colère et fronçant les sourcils.

Mais le froncement de sourcils fut lentement remplacé par un air de confusion et d'inquiétude.

"Samy, tu pleures. Qu'est-ce qui ne va pas avec toi?"

Elle détourna les yeux de lui et traversa la rivière jusqu'à l'autre rive herbeuse.

"Tu n'aurais pas dû. Tu n'aurais pas dû venir au bar ce soir habillé comme ça. Tu n'aurais pas dû penser que tu avais une chance."

"Samy, de quoi tu parles?"

Il tendit la main et posa sa main sur son épaule.

Elle tremblait, elle avait froid.

Il enleva rapidement son manteau et le passa sur ses épaules, tirant derrière elle pour se frotter les bras.

"Tu étais magnifique là-dedans. Je pense que j'ai oublié comment je devais respirer quand tu es entré."

"J'ai vu les femmes avec qui tu es habituellement. Je ne suis pas comme elles, James. Je ne suis pas élégante ou super sexy. Je ne suis pas blonde, ni grande, ni à longues jambes, ni un corps parfait comme elles. Je n'ai pas de solution dans contre cela. Je ne savais même pas ce que je faisais. " Elle finit par un murmure.

"Vraiment? Tu aurais pu me duper là-dedans."

Il la tourna vers lui et se pencha en avant, pressant ses lèvres contre son cou.

Elle frissonna.

"Ton corps était parfait lorsque tu m'as pressé contre toi sur cette piste de danse."

Elle tendit la main et prit sa poitrine en coupe, traçant le contour de son mamelon à travers son chemisier.

Cela la fit frissonner un peu.

"Ils semblaient sûrement savoir ce qu'ils voulaient faire quand nous nous embrassions et nous pressions."

Il s'est penché sur elle et l'a forcée à se coucher jusqu'à ce qu'elle soit allongée sur le sol.

"Laisse-moi te montrer, Samy. Laisse-moi te montrer que tu es plus que tu ne le penses."

Ses lèvres glissèrent contre les siennes avant de glisser le long de son cou et sur le chemisier fin qui couvrait ses seins.

Son souffle se bloqua dans sa gorge alors que ses lèvres trouvèrent un mamelon d'abord, puis l'autre, les suçant lentement alors qu'elle se cambrait à son contact.

Ses doigts ont habilement trouvé l'ourlet de son chemisier et ont commencé à la soulever lentement, taquinant sa peau quand elle a été révélée.

Il la souleva devant ses seins et la tint juste au-dessus d'eux tandis qu'il embrassait son sein droit, savourant sa peau.

Elle gémit quand James porta finalement ses lèvres à la crête de son sein, prenant le mamelon entre ses dents et tirant doucement dessus avant de le sucer.

Elle gémit encore plus fort alors que sa main commença à pétrir son autre sein, faisant rouler à plusieurs reprises sa paume sur son mamelon.

"Tu vois?" Il souffla contre sa peau. "Tu es la femme parfaite".

Il a commencé à l'embrasser en descendant, encerclant son nombril avec sa langue.

James lui sourit en attrapant sa jupe et au lieu de la baisser, il la releva.

La partie avant se replia et dans l'instant suivant, elle déposa de doux baisers ludiques le long de son monticule chaud au-dessus de sa culotte.

Elle était déjà mouillée.

Elle pouvait le sentir à travers sa culotte alors qu'il se frottait le nez contre elle.

Elle trembla sous lui et il caressa doucement ses doigts de haut en bas alors qu'il utilisait ses dents pour faire glisser la culotte.

Il l'embrassa à nouveau, sans barrière entre ses lèvres et sa chatte.

Il a commencé à glisser sa langue le long de sa fente et elle a gémi, ses hanches se courbant sauvagement de sorte qu'il a enfoncé sa langue profondément en elle, la traçant sur son clitoris.

Samy gémit et se cambra contre sa langue, le plaisir la parcourant tandis qu'il se brossait les dents contre son clitoris et glissait un doigt en elle.

"J'ai menti," souffla-t-il contre son clitoris. "Je n'ai pas juste oublié comment respirer."

James suça doucement son clitoris, son doigt pompant dans et hors de sa tension.

"Je suis presque venu dans mon pantalon juste pour te voir avant."

Ses doigts agrippèrent ses cheveux, et il sourit contre sa chatte alors qu'il glissait un deuxième doigt en elle, passant sa langue sur son clitoris à plusieurs reprises jusqu'à ce que son corps tremblait sous sa bouche.

Ses doigts la caressaient, à l'intérieur et à l'extérieur, l'excitant, persuadant son corps de répondre jusqu'à ce qu'elle se balance contre sa main et sa langue.

"James," sa voix faillit échouer quand elle se tordit dans sa main. "S'il te plaît, ne t'arrête pas maintenant!"

Ses mots sont sortis sur un ton doux de complicité, mais ont rapidement augmenté de volume quand elle a crié de plaisir.

Il mordait doucement son clitoris et le suçait maintenant fort, et ses doigts poussant à l'intérieur d'elle prenant son apogée.

Il lécha son jus avec impatience et quand le tremblement de son corps ralentit,

Quand il eut fini, il se dirigea vers elle.

Il sourit et posa son front contre le sien, laissant son corps frôler le sien alors qu'il la regardait dans les yeux.

"Je te l'ai dit, tu es aussi féminine qu'eux, sinon plus."

Ses yeux brillèrent avec quelque chose qui aurait pu être mis en doute alors qu'il regardait dans les yeux de James, mais ensuite il laissa ses doigts courir le long de sa poitrine et descendre vers le renflement dur de son pantalon.

"Est-ce pour ça que tu as tant de mal?

Pourquoi suis-je une femme comme eux? "

Ses doigts frôlèrent de haut en bas son sexe, et il ne put s'empêcher de gémir qui glissa le long de ses lèvres.

Cependant, il n'avait aucune chance de répondre alors que ses lèvres rencontraient les siennes et toutes les pensées étaient effacées de son esprit.

Ses doigts glissèrent sur sa poitrine et il commença habilement à déboutonner sa chemise.

Il la sortit rapidement de son pantalon et le poussa de côté alors qu'il tirait sur sa chemise pour l'enlever complètement.

Le bouton de son pantalon s'ouvrit brusquement et la fermeture éclair glissa presque d'elle-même.

Elle baissa son pantalon et son boxer juste assez pour libérer sa queue et enroula sa petite main autour d'elle, la caressant lentement de sorte qu'il grogna et pressa avec anxiété contre sa main.

Il grogna d'agacement et se leva, enlevant son pantalon et son boxer en un seul mouvement et se tournant vers elle.

Elle était maintenant à genoux et lui sourit alors qu'elle enroulait de nouveau sa main autour de lui.

Il se pencha sur elle, la caressant lentement, fermant les yeux.

Le moment suivant, cependant, il les ouvrit tandis que ses lèvres s'enroulaient autour de son sexe, les faisant lentement monter et descendre sur son membre dur.

Il posa maintenant ses mains sur l'arrière de sa tête et commença lentement à la pousser dans et hors de sa bouche, gémissant alors qu'elle le suçait à chaque mouvement.

Les coups doux ne tardèrent pas à devenir rapides et courts, Samy le suça plus fort s'il secoua la tête plus vite.

Sa main caressait ses couilles, les faisant rouler d'avant en arrière tandis que sa bouche se resserrait autour de lui.

Quand elle jouait avec sa langue sur la tête de son sexe, il a explosé dans sa bouche.

Elle déglutit rapidement quand il l'envoya gicler, pressant sa bouche et sa gorge contre son sexe le faisant jouir encore plus fort et avec plus de jets, jusqu'à ce qu'elle finisse par s'épuiser.

Il sortit lentement le sexe de sa bouche et laissa tomber son regard sur le sol.

Il tomba à genoux devant elle, plaçant sa main contre sa joue.

Ils étaient juste à un pas lorsque le doigt de James traça le côté de son visage, enfonçant son doigt sous son menton et levant les yeux vers le sien.

"Nous n'avons pas encore fini."

Sa voix était si basse qu'elle eut des frissons le long de sa colonne vertébrale alors qu'elle le regardait avec étonnement.

Il se pencha et pressa ses lèvres contre elle, approfondissant rapidement le baiser.

Alors que sa langue glissait le long de ses lèvres, une main glissa derrière elle, l'attirant contre lui pour qu'elles soient viande contre viande.

Ses mamelons se pressèrent joyeusement contre sa poitrine, et sa nouvelle érection se pressa fortement contre ses abdos inférieurs.

Elle bougea et frotta lentement son corps contre lui, le faisant gémir quand son baiser devint fébrile.

Il la recoucha et fit glisser sa jupe sur ses jambes.

Il la regarda un long moment avant de bouger.

Il se pencha à nouveau sur elle et l'embrassa légèrement sur le ventre, juste au-dessus du nombril.

Il sourit contre sa peau chaude et commença à embrasser vers le haut, à l'inverse de ses actions précédentes.

Ses lèvres jouaient à peine contre ses seins avant de s'installer sur son cou et de caresser son rythme cardiaque.

Il palpitait entre ses jambes, son membre pressant contre sa fente humide alors qu'elle enroulait ses jambes autour de sa taille et il glissa ses bras autour d'elle.

Dans un mouvement rapide, James était assis avec elle sur ses genoux et, si possible, pressant encore plus sa bite contre elle.

Elle se tortilla un peu et il grogna.

Il l'embrassa juste en dessous de son oreille et tira doucement sur son lobe.

"Dis-moi, Samy, tu le veux?"

Son souffle était chaud contre sa peau et elle tremblait.

"Voulez-vous que ma grosse bite dure soit enterrée au fond de vous?"

La réponse de Samy ressemblait presque à un gémissement lorsqu'elle se frottait contre lui.

"Oui. S'il te plait, James, je veux ça depuis ..." mais elle s'arrêta rapidement, une rougeur toujours sur ses joues et détourna les yeux.

James n'en avait aucune idée.

Il repoussa son regard vers le sien et appuya son érection contre elle.

"Termine ce que tu disais."

Elle gémit et ses ongles s'enfoncèrent légèrement dans sa peau.

"Je le voulais depuis que je t'ai rencontré."

"Alors dis-moi combien tu en veux."

Ce n'était pas une demande, plutôt une demande alors qu'il glissait ses doigts le long de ses seins, pétrissant lentement sa chair.

Il pouvait sentir sa chaleur irradier contre son sexe, et il faisait de son mieux pour ne pas simplement la jeter et la prendre.

Sa réponse le surprit et brisa toute la maîtrise de soi qu'il avait utilisée.

"Je n'en veux pas. J'en ai besoin, James."

Ses yeux étaient fixés sur le sien maintenant, et il gémit doucement contre sa peau alors qu'elle se pressait plus près.

"J'en ai tellement besoin, j'en rêve depuis si longtemps. S'il te plait. J'ai besoin que tu me baises."

Je ne pouvais plus le nier.

Il ne pouvait plus se contenir après ça.

Il la souleva jusqu'à ce que la tête de son sexe se presse contre son ouverture, puis la laissa rapidement tomber sur elle.

Ils grognèrent tous les deux.

Sa chatte était si serrée autour de sa bite que quand il a commencé à la déplacer de haut en bas sur son membre, sa longueur dure semblait encore plus grande enfermée en elle.

Elle gémit et en utilisant ses jambes pour tirer parti, elle a commencé à sauter sur sa bite.

Ses seins rebondirent librement contre lui et ses tétons l'appellent alors qu'il se penche en avant et commence à sucer.

Elle gémit et commença à sauter plus vite sur sa queue, se propulsant encore et encore.

Ses lèvres taquinaient ses mamelons, les attiraient et les suçaient, puis passaient sa langue sur elles et grignotaient alors qu'elle rebondissait avec ses rebonds, gémissant contre sa peau, envoyant des vibrations à travers ses morsures.

Sa chatte était si humide que l'humidité coulait sur son sexe, et il grogna alors qu'elle resserrait intentionnellement sa fente autour de lui, le faisant lui résister davantage.

Il les a renversés tous les deux pour qu'elle soit à nouveau sur le dos sur l'herbe et a commencé à lui pilonner la bite à l'intérieur et à l'extérieur.

Samy gémit encore plus fort, ses ongles la ratissant alors qu'une autre poussée forte la repoussa vers son point culminant.

Le spasme serré autour de sa bite fit rapidement jouir James aussi et il claqua encore plus vite contre elle, grognant alors que son sperme chaud la remplissait jusqu'à ce qu'il déborde sur ses cuisses.

Il tomba sur le côté, haletant.

Puis il la tira vers lui, laissant de doux baisers sur le côté de son visage.

"Maintenant, est-ce que ce sera encore cinq ans avant que tu sois assez courageux pour recommencer?"

Il sourit et embrassa le coin de ses lèvres.

"Jamais, James."

Samy sourit et frotta ses lèvres contre les siennes.

"Bien, parce que je ne pense pas pouvoir te retirer les mains plus d'un jour ou deux."

Le rire de Samy résonna à travers le lac, et James sourit alors qu'il se redressait et l'embrassait profondément.

Cela pourrait certainement être le début de quelque chose de très intéressant.

.

FIN

63